Surorile Pervertite

Surorile Pervertite

Aldivan Torres

aldivan teixeira torres

CONTENTS

Surorile Pervertite

Aldivan Torres

Surorile   Pervertite

Autor: **Aldivan Torres**

2020- Aldivan Torres

Toate drepturile rezervate

Această carte, inclusiv toate părțile sale, este protejată prin drepturi de autor și nu poate fi reprodusă fără permisiunea autorului, revândută sau transferată.

Aldivan Torres, Văzătorul, este un artist literar. Promite cu scrierile sale să încânte publicul și să-l conducă la delicii de plăcere. Sexul este unul dintre cele mai bune lucruri care există.

Dedicație și mulțumiri

Dedic această serie erotică tuturor iubitorilor de sex și perverșilor ca mine. Sper să răspundă așteptărilor tuturor minților nebune. Încep această lucrare aici cu convingerea că Amelinha, Belinha și prietenii lor vor face istorie. Fără alte formalități, o îmbrățișare caldă pentru cititorii mei.

Lectură competentă și multă distracție.

Cu afecțiune, autorul.

Prezentare

Amelinha și Belinha sunt două surori născute și crescute în interiorul Pernambuco. Fiicele taților fermieri au știut de timpuriu cum să facă față dificultăților înverșunate ale vieții de la țară cu zâmbetul pe buze. Cu aceasta, ei ajungeau la cuceririle lor personale. Primul este un auditor de finanțe publice, iar celălalt, mai puțin inteligent, este un profesor municipal de educație de bază în Arcoverde.

Deși sunt fericiți din punct de vedere profesional, cei doi au o problema cronica grava in ceea ce privește relațiile pentru ca nu si-au găsit printul fermecător, ceea ce este visul fiecărei femei. Cea mai mare, Belinha, a venit să locuiască cu un bărbat pentru o vreme. Cu toate acestea, a fost trădat ceea ce a generat în inima sa mici traume ireparabile. A fost nevoită să se despartă și și-a promis că nu va mai suferi niciodată din cauza unui bărbat. Amelinha, lucru nefericit, ea nu poate obține chiar ne-am angajat. Cine vrea să se căsătorească cu Amelinha? Ea este o persoană obraznică cu părul șaten, slab, de înălțime medie, ochi de culoarea mierii, fund mediu, sâni ca pepene verde, piept definit dincolo de un zâmbet captivant. Nimeni nu știe care este adevărata ei problemă, sau ambele.

În ceea ce privește relația lor interpersonală, ei sunt aproape de a împărtăși secrete între ei. Deoarece Belinha a fost trădată de un ticălos, Amelinha a luat durerile surorii sale și a pornit să se joace cu bărbații. Cei doi au devenit un duo dinamic cunoscut sub numele de "Surorile Pervertite". În ciuda acestui fapt, bărbații iubesc să fie jucăriile lor. Acest lucru se datorează faptului că nu există nimic mai bun decât să iubești Belinha și Amelinha chiar și pentru o clipă. Să le cunoaștem poveștile împreună?

Omul negru

Amelinha şi Belinha, precum şi mari profesionişti şi iubitori, sunt femei frumoase şi bogate integrate în reţelele sociale. În plus faţă de sexul în sine, ei caută, de asemenea, să-şi facă prieteni.

Odată, un bărbat a intrat în conversaţie virtual. Porecla lui era "Omul negru". În acest moment, ea a tremurat curând pentru că iubea bărbaţii de culoare. Legenda spune că au un farmec de necontestat.

"Bună ziua, frumos! "L-ai numit pe fericitul om negru.

"Bună ziua, bine? "I-a răspuns intrigantului Belinha.

"Toate mare. Au o noapte buna!

"Noapte bună. Îmi plac oamenii de culoare!

"Acest lucru m-a atins profund acum! Dar există un motiv special pentru acest lucru? Cum te cheamă?

"Ei bine, motivul este sora mea şi îmi place bărbaţii, dacă ştiţi ce vreau să spun. În ceea ce priveşte numele, chiar dacă acesta este un mediu foarte privat, nu am nimic de ascuns. Numele meu este Belinha. Plăcerea de a vă întâlni.

"Plăcerea este tot a mea. Numele meu este __________ Flavius, şi eu sunt un adevărat frumos!

"Am simţit fermitate în cuvintele lui. Vrei să spui intuiţia mea este corect?

"Nu pot să răspund acum pentru că asta ar pune capăt întregului mister. Care este numele surorii tale?

"Numele ei este Amelinha.

"Amelinha! Nume frumos! Te poţi descrie fizic?

"Sunt blondă, înaltă, puternică, cu părul lung, fundul mare, sânii medii şi am un corp sculptural. Şi tu?

"Culoare neagră, de un metru şi optzeci de centimetri înălţime, puternică, reperată, braţe şi picioare groase, păr îngrijit, cântat şi feţe definite.

"Aoleu! Aoleu! Mă porneşti!

"Nu vă faceţi griji despre asta. Cine mă cunoaşte, niciodată Uită?

"Vrei să mă înnebuneşti acum?

"Ne pare rău despre asta, baby! Este doar pentru a adăuga un pic de farmec la conversaţia noastră.

"Câţi ani ai?

"Douăzeci şi cinci de ani şi a ta?

"Sunt treizeci şi opt de ani şi sora mea treizeci şi patru. În ciuda diferenţei de vârstă, suntem remarcabil de apropiaţi. În copilărie, ne-am unit pentru a depăşi dificultăţile. Când eram adolescenţi, ne-am împărtăşit visele. Şi acum, la maturitate, ne împărtăşim realizările şi frustrările. Nu pot trăi fără ea.

"Minunat! Acest sentiment al tău este incredibil de frumos. Primesc nevoia să vă cunosc pe amândoi. Este ea la fel de obraznică ca tine?

"În o modalitate eficientă, ea este cea mai bună la ceea ce face. Foarte inteligent, frumos şi politicos. Avantajul meu este că sunt mai deştept.

"Dar nu văd o problemă în asta. Îmi plac amândouă.

"Îţi place foarte mult? Amelinha este o femeie specială. Nu pentru că ea este sora mea, dar pentru că are o inimă uriaşă. Îmi pare puţin rău pentru ea pentru că nu a primit niciodată un mire. Ştiu că visul ei este să se căsătorească. Mi s-a alăturat într-o revoltă pentru că am fost trădată de tovarăşul meu. De atunci, căutăm doar relaţii rapide.

"Am înțeles în totalitate. Sunt, de asemenea, un pervers. Cu toate acestea, nu am nici un motiv special. Vreau doar să mă bucur de tinerețea mea. Pari oameni minunați.

"Îți mulțumesc foarte mult. Ești cu adevărat de la Arcoverde?

"Da, eu sunt din centrul orașului. Și tu?

"Din Cartierul Sfântul Cristopher.

"Minunat. Locuiți singuri?

"Da. În apropierea stației de autobuz.

"Puteți obține o vizită de la un om de azi?

"Ne-ar plăcea să. Dar tu trebuie să le gestioneze pe amândouă. Ok?

"Nu vă faceți griji, dragoste. Pot gestionați până la trei.

"Ah, da! Adevărat!

"Voi fi chiar acolo. puteți explica locația?

"Da. Va fi plăcerea mea.

"Știu unde este. Eu vin acolo sus!

Omul negru a părăsit camera și Belinha, de asemenea. A profitat de ea și s-a mutat în bucătărie, unde și-a cunoscut sora. Amelinha spăla vasele murdare pentru cină.

"Noapte bună pentru tine, Amelinha. Nu vei crede. Ghici care vine peste.

"Habar n-am, soră. Cine?

"Cel Flavius. L-am întâlnit în camera de chat virtuală. El va fi distracția noastră de astăzi.

"Cum arată?

"Este Omul Negru. Te-ai oprit vreodată și te-ai gândit că ar putea fi frumos? Săracul om nu știe de ce suntem capabili!

"El într-adevăr este sora! Să-l terminăm.

"El va cădea, cu mine! "A spus Belinha.

"Nu! Acesta va fi cu eu "Mi-a răspuns Amelinha.

"Un lucru este sigur: Cu unul dintre noi el va toamna" a conchis Belinha.

"Este adevărat! Ce zici de noi a lua totul gata în dormitor?

"Bună idee. Te voi ajuta!

Cele două păpuși insațiabile au mers în cameră lăsând totul organizat pentru sosirea bărbatului. De îndată ce termină, aud clopotul.

"Este el, soră? "A întrebat-o pe Amelinha.

"Să-l verificăm împreună! (Belinha)

"Hai! Amelinha a fost de acord.

Pas cu pas, cele două femei au trecut pe lângă ușa dormitorului, au trecut de luat masa cameră, și apoi a ajuns în camera de zi. Au mers la ușă. Când o deschid, întâlnesc zâmbetul fermecător și bărbătesc al lui Flavius.

"Noapte bună! În regulă? Eu sunt Flavius.

"Noapte bună. Sunteți cei mai bineveniți. Eu sunt Belinha care a fost să vorbesc cu tine pe calculator și această fată dulce de lângă mine este sora mea.

"Îmi pare bine să te cunosc Flavius! "Amelinha a spus.

"Îmi pare bine să te cunosc. Pot să intru?

"Sigur! "Cele două femei au răspuns în același timp.

Armăsarul a avut acces în cameră observând fiecare detaliu al decorului. Ce se întâmpla în acea minte clocotită? El a fost deosebit de atins de fiecare dintre aceste specimene de sex feminin. După o clipă, s-a uitat adânc în ochii celor două curve spunând:

"Ești pregătit pentru ceea ce am ajuns să fac?

"Gata "A afirmat îndrăgostiții!

Cei trei s-au oprit din greu și au mers mult până în camera mai mare a casei. Închizând ușa, erau siguri că raiul va merge în iad în câteva secunde. Totul a fost perfect: amenajarea prosoapelor, jucăriile sexuale, filmul porno care se joacă la televizorul de tavan și muzica romantică vibrantă. Nimic nu putea lua plăcerea unei seri minunate.

Primul pas este să stai lângă pat. Bărbatul de culoare a început să-și scoată hainele celor două femei. Pofta și setea lor de sex au fost atât de mari încât au provocat puțină anxietate la acele doamne dulci. Își dădea jos cămașa care arăta toracele și abdomenul bine lucrate de antrenamentul zilnic de la sală. Firele tale de păr medii din toată această regiune au atras suspine de la fete. Ulterior, și-a dat jos pantalonii, permițând vederea lenjeriei sale Box, arătându-și în consecință volumul și masculinitatea. În acest moment, el le-a permis să atingă organul, făcându-l mai erect. Fără secrete, și-a aruncat lenjeria intimă arătând tot ce i-a dat Dumnezeu.

Avea douăzeci și doi de centimetri lungime, paisprezece centimetri în diametru suficient pentru a-i înnebuni. Fără să piardă timpul, au căzut peste el. Au început cu preludiul. În timp ce unul a înghițit penisul în gură, celălalt a lins pungile de scrot. În această operație, au trecut trei minute. Suficient de mult pentru a fi complet gata pentru sex.

Apoi a început să pătrundă într-una și apoi în cealaltă fără preferință. Ritmul frecvent al navetei a provocat gemete, țipete și orgasme multiple în urma actului. A fost treizeci de minute de sex vaginal. Fiecare jumătate din timp. Apoi s-au încheiat cu sexul oral și anal.

Focul

A fost o noapte rece, întunecată şi ploioasă în capitala tuturor pădurilor din Pernambuco. Au fost momente în care vânturile din faţă au ajuns la o sută de kilometri pe oră speriindu-le pe surorile sărace Amelinha şi Belinha. Cele două surori perverse s-au întâlnit în sufrageria reşedinţei lor simple din cartierul Saint Cristopher. Neavând ce să facă, au vorbit fericit despre lucruri generale.

"Amelinha, cum a fost ziua ta la sediul fermei?

"Acelaşi lucru vechi: am organizat planificarea fiscala a administraţiei fiscale si vamale, am gestionat plata impozitelor, am lucrat in prevenirea si combaterea evaziunii fiscale. Este o muncă solicitantă şi plictisitoare. Dar plină de satisfacţii şi bine plătite. Şi tu? Cum a fost rutina ta la şcoală? "A întrebat-o pe Amelinha.

"În clasă, am trecut conţinutul îndrumându-i pe elevi în cel mai bun mod posibil. Am corectat greşelile şi am luat două telefoane mobile ale elevilor care deranjau clasa. Am dat şi cursuri de comportament, postură, dinamică şi sfaturi utile. Oricum, pe lângă faptul că sunt profesoară, eu sunt mama lor. Dovada este că, la pauză, m-am infiltrat în clasa de elevi şi, împreună cu ei, am jucat şotron, am lovit şi am alergat. Din punctul meu de vedere, şcoala este a doua noastră casă şi trebuie să avem grijă de prieteniile şi legăturile umane pe care le avem de la ea", a răspuns Belinha.

"Genial, sora mea mai mică. Lucrările noastre sunt minunate pentru că oferă construcţii emoţionale şi de interacţiune importante între oameni. Niciun om nu poate trăi în

izolare, cu atât mai puțin fără resurse psihologice și financiare"
a analizat-o pe Amelinha.

"Sunt de acord. Munca este esențială pentru noi, deoarece
ne face independenți de imperiul sexist predominant în nos-
tru societate ", a spus Belinha.

"Tocmai. Vom continua în valorile și atitudinile noastre.
Omul este numai bun în pat" Amelinha a observat.

"Apropo de oameni, ce părere ai despre creștin? "Belinha
întrebat.

"S-a ridicat la înălțimea așteptărilor mele. După o astfel
de experiență, instinctele și mintea mea cer întotdeauna mai
multe nemulțumiri interne generatoare. Care este părerea ta?
"A întrebat-o pe Amelinha.

"A fost bine, dar mă simt și ca tine: incompletă. Sunt uscat
de dragoste și sex. Îmi doresc din ce în ce mai mult. Ce avem
pentru ziua de azi? "A spus Belinha.

"Sunt în afara ideilor. Noaptea este rece, întuneric și
întuneric. Auzi zgomotul de afară? Există o mulțime de
ploaie, vânturi intense, fulgere și tunete. Mi-e frică! "A spus
Amelinha.

"Și eu! "Belinha a mărturisit.

În acest moment, un fulger puternic este auzit în întreaga
Arcoverde. Amelinha sare în poala lui Belinha care țipă de
durere și disperare. În același timp, energia electrică lipsește,
ceea ce îi face pe amândoi disperați.

"Ce se întâmplă acum? Ce vom face Belinha? "A întrebat-o
pe Amelinha.

"Dă-mi jos, cățea! Voi primi lumânări! "A spus Belinha.Be-
linha și-a împins ușor sora pe marginea canapelei în timp

ce bâjbâia pereții pentru a ajunge la bucătărie. Ca casa este mic, nu durează mult timp pentru a finaliza această operație. Folosind tact, ia lumânările în dulap și le aprinde cu chibriturile așezate strategic deasupra sobei.

Cu lumina lumânării, ea se întoarce calm în camera unde își întâlnește sora cu un zâmbet misterios larg deschis pe față. Ce a fost ea de până la?

"Puteți aerisire, sora! Știu că te gândești ceva" a spus Belinha.

"Ce se întâmplă dacă am sunat la departamentul de pompieri al orașului care avertizează cu privire la un incendiu? A spus Amelinha.

"Permiteți-mi să obțineți acest drept. Vrei să inventezi un foc fictiv pentru a-i ademeni pe acești oameni? Ce se întâmplă dacă suntem arestați? "Belinha s-a temut.

"Colegul meu! Sunt sigur că le va plăcea surpriza. Ce mai bine trebuie să facă într-o noapte întunecată și plictisitoare ca aceasta? "A spus Amelinha.

"Ai dreptate. Ei vă vor mulțumi pentru distracție. Vom sparge focul care ne mistuie din interior. Acum, vine întrebarea: Cine va avea curajul să-i numească? "A întrebat-o pe Belinha.

"Sunt foarte timid. Vă las această sarcină, sora mea- A spus Amelinha.

"Întotdeauna eu. Ok. Orice s-ar întâmpla Amelinha." Belinha a concluzionat.

Ridicându-se de pe canapea, Belinha merge la masa din colțul în care este instalat mobilul. Ea sună la numărul de urgență al pompierilor și așteaptă să primească răspuns. După câteva atingeri, aude o voce profundă, fermă, vorbind din cealaltă parte.

"Noapte bună. Acesta este departamentul de pompieri. Ce dorești?

"Numele meu este Belinha. Eu locuiesc în Cartierul Saint Cristopher aici, în Arcoverde. Eu și sora mea suntem disperați de toată ploaia asta. Când electricitatea a ieșit aici, în casa noastră, a provocat un scurtcircuit, începând să dea foc obiectelor. Din fericire, eu și sora mea am ieșit. Focul mistuie încet casa. Avem nevoie de ajutorul pompierilor", a spus fata tulburată.

"Ia-o ușor, prietenul meu. Vom fi acolo în curând. Puteți oferi informații detaliate despre locația dvs.? "A întrebat pompierul de serviciu.

"Casa mea este exact pe Bulevardul Central, a treia casa din dreapta. Este în regulă cu tu?

"Știu unde este. Vom fi acolo în câteva minute. Fii calm,"a spus pompierul.

"Așteptăm. Vă mulțumesc! "Vă mulțumesc Belinha.

Întorcându-se pe canapea cu un rânjet larg, cei doi și-au lăsat pernele și au sforăit de distracția pe care o făceau. Cu toate acestea, acest lucru nu este recomandat să se facă cu excepția cazului în care acestea au fost două curve ca ei.

Aproximativ zece minute mai târziu, au auzit o bătaie la ușă și s-au dus să-i răspundă. Când au deschis ușa, s-au confruntat cu trei fețe magice, fiecare cu frumusețea sa caracteristică. Unul era negru, înalt de șase metri, picioare și brațe medii. Altul era întuneric, un metru și nouăzeci de înălțime, musculare, și sculpturale. Un al treilea a fost alb, scurt, subțire, dar foarte îndrăgit. Băiatul alb vrea să se prezinte:

"Bună, doamnelor, noapte bună! Numele meu este Roberto. Acest om de alături se numește Matei și omul maro, Filip. Care sunt numele tale și unde este focul?

"Sunt Belinha, am vorbit cu tine la telefon. Acest persoana cu părul șaten aici este sora mea Amelinha. Îți voi explica acest lucru.

"Ok. I-au luat pe cei trei pompieri în același timp.

Cvintetul a intrat în casa, si totul părea normal pentru ca curentul electric revenise. Se așază pe canapeaua din sufragerie împreună cu fetele. Suspicioși, fac conversație.

"Focul s-a terminat, nu-i așa? "Matei a întrebat.

"Da. Îl controlăm deja datorită un efort eroic", a explicat Amelinha.

"Milă! Mi-am dorit să muncesc. Acolo, la cazarmă, rutina este atât de monotonă", a spus Felipe.

"Am o idee. Cum ar fi să lucrezi într-un mod mai plăcut? "Belinha a sugerat.

"Vrei să spui că ești ceea ce cred că? "L-a interogat pe Felipe.

"Da. Suntem femei singure care iubesc plăcerea. În starea de spirit pentru distracție? "A întrebat-o pe Belinha.

"Numai dacă te duci acum" a răspuns omul negru.

"Sunt în prea" a confirmat Brown Man.

"Așteptați-mă" Băiatul alb este disponibil.

"Deci hai", au spus fetele.

Cvintetul a intrat în cameră împărțind un pat dublu. Apoi a început orgia sexuală. Belinha și Amelinha au participat pe rând la plăcerea celor trei pompieri. Totul părea magic și nu exista un sentiment mai bun decât să fii cu ei. Cu cadouri variate, au experimentat variații sexuale și poziț!ionale creând o imagine perfectă.

Fetele păreau insațiabile în ardoarea lor sexuală ceea ce i-a înnebunit pe acei profesioniști. Au trecut prin noapte făcând sex și plăcerea părea să nu se termine niciodată. Ele nu au plecat până când nu au primit un telefon urgent de la locul de muncă. Și-au dat demisia și s-au dus să răspundă la raportul poliției. Chiar și așa, ei nu vor uita niciodată acea experiență minunată alături de "Surorile Perverse".

Consultație medicală

A dat seama de frumoasa capitală În spate. De obicei, cele două surori perverse se trezeau devreme. Cu toate acestea, când s-au ridicat, nu s-au simțit bine. În timp ce Amelinha continua să strănute, sora ei Belinha s-a simțit puțin sufocată. Aceste fapte au venit din noaptea precedentă în Virginia War Square, unde au băut, s-au sărutat pe gură și au sforăit armonios în noaptea senină.

Cum nu se simțeau bine și fără putere pentru nimic, stăteau pe canapea gândindu-se religios ce să facă pentru că angajamentele profesionale așteptau să fie rezolvate.

"Ce facem, soră? Sunt total în afara respirației și epuizat" A spus Belinha.

"Spune-mi despre asta! Am dureri de cap și încep să iau un virus. Suntem pierduți! "A spus Amelinha.

"Dar eu nu cred că este un motiv pentru a pierde locul de muncă! Oamenii depind de noi! "A spus Belinha

"Liniști să nu intrăm în panică! Ce zici de noi se alăture frumos? "A sugerat Amelinha.

"Nu-mi spuneți ca va gândiți la ce mă gândesc.... "Belinha a fost uimită.

"Așa este. Să mergem împreună la medic! Acesta va fi un motiv foarte bun pentru a pierde locul de muncă și cine știe nu se întâmplă ceea ce ne dorim! "A spus Amelinha

"Mare idee! Deci, ce mai așteptăm? Să ne pregătim! "A întrebat-o pe Belinha.

"Hai! "Amelinha a fost de acord.

Cei doi s-au dus la incintele lor respective. Au fost atât de încântați de decizie; ele nici măcar nu arăta rău. A fost totul doar invenția lor? Iartă-mă, cititorul, să nu ne gândim rău la prietenii noștri dragi. În schimb, îi vom însoți în acest nou capitol interesant al vieții lor.

În dormitor, s-au scăldat în apartamentele lor, și-au pus haine și pantofi noi, și-au pieptănat părul lung, și-au pus un francez parfum, și apoi a mers la bucătărie. Acolo, au spart ouă și brânză umplând două pâini de pâine și au mâncat cu un suc răcit. Totul a fost incredibil de delicios. Chiar și așa, nu păreau să o simtă pentru că anxietatea și nervozitatea din fața numirii medicului erau gigantice.

Cu totul gata, au părăsit bucătăria pentru a ieși din casă. Cu fiecare pas pe care l-au făcut, inimile lor mici au tresărit cu emoție gândindu-se într-o experiență complet nouă. Binecu-vântat să fie toate! Optimismul a pus stăpânire pe ele și a fost ceva de urmat de alții!

În exteriorul casei, se duc la garaj. Deschizând ușa în două încercări, ei stau în fața modestei mașini roșii. În ciuda bunului lor gust în maşini, ei le-au preferat pe cele populare clasicilor de teama violenţei comune prezente în toate regiunile braziliene.

Fără întârziere, fetele intra in maşina dând ieşirea uşor si apoi una dintre ele închide garajul revenind la maşina imediat după. Cine conduce este Amelinha cu experienţă deja de zece ani? Belinha nu are încă voie să conducă.

Cel traseul considerabil scurt între casa lor şi spital se face cu siguranţă, armonie şi linişte. În acel moment, au avut sentimentul fals că pot face orice. În contradictoriu, le era frică de viclenia şi libertatea lui. Ei înşişi au fost surprinşi de acţiunile întreprinse. Nu pentru nimic mai puţin că acestea au fost numite nemernici curvă bun!

Ajunşi la spital, au programat programarea şi au aşteptat să fie chemaţi. În acest interval de timp, au profitat de a face o gustare şi au făcut schimb de mesaje prin aplicaţia mobilă cu dragii lor servitori sexuali. Mai cinic şi mai vesel decât acestea, era imposibil să fii!

După un timp, este rândul lor să fie văzuţi. Inseparabil, intră în biroul de îngrijire. Când se întâmplă acest lucru, medicul are aproape un atac de cord. În faţa lor era o piesă rară a unui bărbat: O persoană înaltă cu părul blond, înaltă de un metru şi nouăzeci de centimetri, cu barbă, păr care formează o coadă de cal, braţe şi sâni musculoşi, feţe naturale cu aspect angelic. Chiar înainte de a putea redacta o reacţie, el invită:

"Aşezaţi-vă, amândoi!

"Vă mulţumesc! "Le-au spus pe amândouă.

Cei doi au timp să facă o analiză rapidă a mediului: În faţa mesei de serviciu, medicul, scaunul în care stătea şi în spatele unui dulap. În partea dreaptă, un pat. Pe perete, picturi expresioniste ale autorului Cândido Portinari îl înfățișează pe bărbatul de la țară. Atmosfera este foarte confortabilă lăsând fetele în largul lor. Atmosfera de relaxare este ruptă de aspectul formal al consultației.

"Spune-mi ce simți, fetelor!

Asta suna informal pentru fete. Cât de dulce a fost acel bărbat blond! Trebuie să fi fost delicios să mănânci.

"Dureri de cap, indispoziție și virus! "I-a spus lui Amelinha.

"Sunt fără suflare și obosit! "A susținut Belinha.

"Este în regulă! Lasă-mă să mă uit! Întinde-te pe pat! "Doctorul a întrebat.

Cel curvele abia respirau la această cerere. Profesionistul i-a făcut să-și scoată o parte din haine și le-a simțit în diverse părți care au provocat frisoane și transpirații reci. Dându-și seama că nu era nimic grav cu ei, însoțitorul a glumit:

"Totul arată perfect! De ce vrei să le fie frică? O injecție în fund?

"Îmi place! Dacă este o injecție mare și groasă chiar mai bine! "A spus Belinha.

"Vei aplica încet, iubirea? "A spus Amelinha.

"Tu sunt deja cere prea mult! "A notat clinicianul.

Închizând cu grijă ușa, el cade pe fete ca un animal sălbatic. În primul rând, el ia restul hainelor de pe corp. Acest lucru îi ascute și mai mult libidoul. Fiind complet dezbrăcat, el admiră pentru o clipă acele creaturi sculpturale. Apoi este rândul lui să se arate. El se asigură că își scot hainele. Acest lucru crește interacțiunea și intimitatea dintre grup.

Cu tot ce este gata, încep preliminariile sexului. Folosind

limba în părți sensibile, cum ar fi anusul, fundul, și ureche blonda provoacă orgasme mini plăcere la ambele femei. Totul mergea bine chiar și atunci când cineva tot bătea la ușă. Nici o cale de ieșire, el trebuie să răspundă. Merge puțin și deschide ușa. În acest sens, el întâlnește asistenta de gardă: o persoană subțire două curse, cu picioare subțiri și extrem de joasă.

"Domnul doctor, am o întrebare despre medicația unui pacient: este cinci sau trei sute de miligrame de acid acetilsalicilic? "L-a întrebat pe Roberto arătând o rețetă.

"Cinci sute! "A confirmat Alex.

În acest moment, asistenta a văzut picioarele fetelor dezbrăcate care încercau să se ascundă. A râs înăuntru.

"Glumind un pic în jurul un pic, nu-i așa, Doc? Nici măcar nu-ți suna prietenii!

"Mă scuzați! Vrei să te alături găștii?

"Mi-ar plăcea să!

"Atunci vino!

Cei doi au intrat în cameră închizând ușa în spatele lor. Mai mult decât rapid, persoana două curse și-a dat jos hainele. Dezbrăcat, și-a arătat catargul lung, gros și venos ca trofeu. Belinha a fost încântată și în curând i-a făcut sex oral. Alex a cerut, de asemenea, ca Amelinha să facă același lucru cu el. După oral, au început anal. În această parte, Belinha a găsit-o extrem de dificil să dețină pe cocoș monstru asistentei medicale. Dar odată ce a intrat în gaură, plăcerea lor a fost enormă. Pe de altă parte, nu au simțit nici o dificultate, deoarece penisul lor era normal.

Apoi au făcut sex vaginal în diferite poziții. Mișcarea înainte și înapoi în cavitate a provocat halucinații în ele. După această etapă, cei patru s-au unit într-un sex în grup. A fost cea mai bună experiență în care au fost cheltuite energiile rămase. Cincisprezece minute mai târziu, ambele au fost sold out. Pentru surori, sexul nu se va sfârși niciodată, dar bine cum li s-a respectat fragilitatea acelor bărbați. Nedorind să le deranjeze munca, au renunțat să mai ia certificatul de justificare a lucrării și a telefonului personal. Au plecat complet fără a stârni atenția nimănui în timpul trecerii la spital.

Ajunși în parcare, au intrat în mașină și au pornit pe drumul de întoarcere. Fericiți cum sunt, se gândeau deja la următoarea lor răutate sexuală. Surorile perverse au fost într-adevăr ceva!

Lecție privată

A fost o după-amiază ca oricare alta. Nou-veniții de la serviciu, surorile perverse erau ocupate cu treburile casnice. După ce au terminat toate sarcinile, s-au adunat în cameră să se odihnească puțin. În timp ce Amelinha citea o carte, Belinha a folosit internetul mobil pentru a naviga pe site-urile ei preferate.

La un moment dat, al doilea țipă cu voce tare în cameră, ceea ce o înspăimântă pe sora ei.

"Ce este, fată? Ești nebun? "A întrebat-o pe Amelinha.

"Tocmai am accesat site-ul de concursuri având o surpriză recunoscătoare "a informat Belinha.

"Spune-mi mai multe!

"Înregistrările instanței regionale federale sunt deschise. Să facem?

"Bun apel, sora mea! Care este salariul?

"Peste zece mii de dolari inițiali.

"Foarte bine! Treaba mea este mai bună. Cu toate acestea, voi face concursul pentru că mă pregătesc să caut alte evenimente. Acesta va servi ca un experiment.

"Te descurci foarte bine! Mă încurajezi. Acum, nu știu de unde să încep. Îmi puteți da sfaturi?

"Cumpărați un curs virtual, puneți o mulțime de întrebări pe site-urile de testare, faceți și refaceți testele anterioare, scrieți rezumate, vizionați sfaturi și descărcați materiale bune pe internet, printre altele.

"Vă mulțumesc! Voi lua toate aceste sfaturi! Dar am nevoie de ceva mai mult. Uite, soră, din moment ce avem bani, cum ar fi să plătim pentru o lecție privată?

"Nu m-am gândit la asta. Aceasta este o idee inovatoare! Aveți sugestii pentru o persoană competentă?

"Am un profesor foarte competent aici, de la Arcoverde, în contactele mele telefonice. Uită-te la poza lui!

Belinha i-a dat surorii sale telefonul mobil. Văzând poza băiatului, ea a fost extaziată. Pe lângă frumos, era deștept! Ar fi o victimă perfectă a perechii care se alătură utilului la plăcut.

"Ce așteptăm? Ia-l, soră! Trebuie să studiem în curând. "Amelinha a spus.

"Ai luat-o! " Belinha a acceptat.

Ridicându-se de pe canapea, a început să formeze numerele telefonului de pe tastatura numerică. Odată ce apelul este făcut, va dura doar câteva momente pentru a fi răspuns.

"Bună ziua. Voi toți, nu?

"Totul e minunat, Renato.

"Trimiteți comenzile.

"Navigam pe Internet când am descoperit că cererile pentru competiția instanțelor regionale federale sunt deschise. Mi-am numit imediat mintea ca un profesor respectabil. Vă amintiți de sezonul școlar?

"Îmi amintesc bine acea perioadă. Vremuri bune cei care nu se mai întorc!

"Asta-i drept! Aveți timp să ne dați o lecție privată?

"Ce conversație, domnișoară! Pentru tine am mereu timp! Ce dată stabilim?

"O putem face mâine, la ora 2:00? Trebuie să începem!

"Bineînțeles, o fac! Cu ajutorul meu, spun cu umilință că șansele de a trece cresc incredibil.

"Sunt sigur de asta!

"Ce bine! Mă puteți aștepta la ora 2:00.

"Vă mulțumesc foarte mult! Ne vedem mâine!

"Ne vedem mai târziu!

Belinha a închis telefonul și a schițat un zâmbet pentru tovarășul său. Suspectând răspunsul, Amelinha a întrebat:

"Cum a mers?

"A acceptat. Mâine la ora 2:00 va fi aici.

"Ce bine! Nervii mă omoară!

"Luați-o ușor, soră! Va fi bine.

"Amin!

"Să pregătim cina? Deja mi-e foame!

"Ei bine, amintit.!

Cei doi au mers din sufragerie în bucătărie, unde într-un mediu plăcut au vorbit, s-au jucat, au gătit printre alte activități. Erau figuri exemplare de surori unite de durere și singurătate. Faptul că au fost nemernicii în sex i-au calificat și mai mult. După cum știți cu toții, femeia braziliană are sânge cald.

Curând după aceea, ei fraternizau în jurul mesei, gândindu-se la viață și la vicisitudinile ei.

"Mâncând acest delicios Crema de pui, îmi amintesc de omul negru și de pompieri! Momente care nu par să treacă niciodată! "Belinha a spus!

"Spune-mi despre asta! Tipii ăia sunt delicioase! Ca să nu mai vorbim de asistentă și de medic! Mi-a plăcut și mie! "Ne-am amintit de Amelinha!

"Destul de adevărat, sora mea! Având un catarg frumos orice om devine plăcut! Fie ca feministele să mă ierte!

"Nu trebuie să fim atât de radicali...!

Cei doi râd și continuă să mănânce mâncarea de pe masă. Pentru o clipă, nimic altceva nu a contat. Ele au fost singuri în lume și care le-a calificat ca Zeițe ale frumuseții si iubirii. Pentru că cel mai important lucru este să te simți bine și să ai stimă de sine.

Încrezători în ei înșiși, ei continuă în ritualul familiei. La sfârșitul acestei etape, ei navighează pe internet, ascultă muzică pe stereo din sufragerie, se uită la telenovele și, mai târziu, la un film porno. Această grabă îi lasă fără suflare și obosiți forțându-i să meargă să se odihnească în camerele lor respective. Așteptau cu nerăbdare a doua zi.

El nu va trece mult timp până când vor cădea într-un somn profund. În afară de coșmaruri, noaptea și zorii au loc în limitele normale. De îndată ce vine zorii zilei, se ridică și încep să urmeze rutina normală: Baie, mic dejun, muncă, întoarcere acasă, baie, prânz, pui de somn și se mută în camera în care așteaptă vizita programată.

Când aud bătând la ușă, Belinha se ridică și se duce să răspundă. Procedând astfel, el îl întâlnește pe profesorul zâmbitor. Acest lucru i-a provocat o bună satisfacție internă.

"Bine ai revenit, prietenul meu! Sunteți gata să ne învățați?

"Da, foarte, foarte pregătit! Vă mulțumim din nou pentru această oportunitate! "A spus Renato.

"Să intrăm! " A spus Belinha.

Băiatul nu s-a gândit de două ori și a acceptat cererea fetei. El a salutat Amelinha și pe semnalul ei, așezat pe canapea. Prima lui atitudine a fost să scoată bluza tricotată negru pentru că era prea fierbinte. Cu aceasta, și-a părăsit fântâna-a lucrat platoșă în sala de gimnastică, transpirație picură, și lumina lui întuneric-jupuit. Toate aceste detalii au fost un afrodiziac natural pentru cei doi "Perverși".

Prefăcându-se că nu se întâmplă nimic, între cei trei a fost inițiată o conversație între cei trei.

"Ai pregătit o clasă bună, domnul profesor? " Întrebat Amelinha.

"Da! Să începem cu ce articol? "L-a întrebat pe Renato.

"Nu știu... ", a spus Amelinha.

"Cum ar fi să ne distrăm mai întâi? După ce ți-ai dat jos cămașa, m-am udat! "A mărturisit Belinha.

"Eu, de asemenea", a spus Amelinha.

"Voi doi sunteți cu adevărat maniaci sexuali! Nu este că ceea ce-mi place? "A spus maestrul.

Fără să aștepte un răspuns, și-a scos blugii albaștri arătând mușchii ai coapsei, ochelarii de soare arătându-și ochii albaștri şi, în cele din urmă, lenjeria intimă arătând o perfecţiune de penis lung, de grosime medie şi cu cap triunghiular. A fost suficient ca micile curve să cadă deasupra şi să înceapă să se bucure de acel corp bărbătesc, jovial. Cu ajutorul lui, şi-au scos hainele şi au început preliminariile sexului.

Pe scurt, aceasta a fost o întâlnire sexuală minunată în care au experimentat multe lucruri noi. Au fost patruzeci de minute de sex sălbatic în armonie completă. În aceste momente, emoţia a fost atât de mare încât nici măcar nu au observat timpul şi spaţiul. De aceea, ele erau infinite prin iubirea lui Dumnezeu.

Când au ajuns la extaz, s-au odihnit puţin pe canapea. Apoi au studiat disciplinele încărcate de concurs. În calitate de studenţi, cei doi au fost de ajutor, inteligent şi disciplinat, ceea ce a fost remarcat de profesor. Sunt sigur că au fost pe cale de aprobare.

Trei ore mai târziu, au renunţat să mai promită noi întâlniri de studiu. Fericite în viaţă, surorile perverse au mers să aibă grijă de celelalte îndatoriri deja gândindu-se la următoarele lor aventuri. Ei au fost cunoscuţi în oraş ca "Insaţiabilul".

Proba de concurs

A trecut ceva timp. Timp de aproximativ două luni, surorile perverse s-au dedicat concursului în funcţie de timpul disponibil. În fiecare zi care trecea, erau mai pregătiţi pentru orice venea şi pleca. În acelaşi timp, au existat întâlniri sexuale şi, în aceste momente, au fost eliberaţi.

Ziua testului a sosit în cele din urmă. Plecând devreme

din capitala hinterlandului, cele două surori au început să meargă pe autostrada BR 232 cu un traseu total de 250 km. Pe drum, au trecut prin punctele principale ale interiorului statului: Pesqueira, Grădina frumoasă, Sfânt Gaetano, Caruaru, Gravatá, Viței și Vitoria de Santo Antao. Fiecare dintre aceste orașe a avut o poveste de spus și din experiența lor au absorbit-o complet. Cât de bine a fost să vezi munții, Pădurea Atlantică, caatinga, fermele, fermele, satele, orașele mici și pentru a sorbi aerul curat care vine din păduri. Pernambuco a fost o stare minunată!

Intrând în perimetrul urban al capitalei, ei sărbătoresc buna realizare a Călătoriei. Luați bulevardul principal spre cartier excursie bună în cazul în care acestea ar efectua testul. Pe drum, se confruntă cu trafic aglomerat, indiferență din partea străinilor, poluate aer, și lipsa de orientare. Dar în cele din urmă au făcut-o. Ei intră în clădirea respectivă, se identifică și încep testul care ar dura două perioade. În prima parte a testului, ei se concentrează în totalitate pe provocarea întrebărilor cu variante multiple de răspuns. Ei bine, elaborate de banca responsabilă de eveniment, au determinat cele mai diverse elaborări ale celor două. Din punctul lor de vedere, se descurcau bine. Când au luat pauza, au ieșit la prânz și un suc la un restaurant din fața clădirii. Aceste momente au fost importante pentru ei pentru a-și menține încrederea, relația și prietenia.

După aceea, s-au întors la locul de testare. Apoi a început a doua perioadă a evenimentului cu probleme legate de alte discipline. Chiar și fără a păstra același ritm, ei au fost încă foarte perceptivi în răspunsurile lor. Ei au demonstrat în acest fel că cel mai bun mod de a trece concursuri este dedicând o mulțime de studii. Un timp mai târziu, și-au încheiat participarea încrezătoare. Au predat probele, s-au întors la mașină, deplasându-se spre plaja situată în apropiere.

Pe drum, au cântat, au aprins sunetul, au comentat cursa și au avansat pe străzile din Recife urmărind străzile iluminate ale Capitalei pentru că era Noapte. Se minunează de spectacolul văzut. Nu e de mirare că orașul este cunoscut sub numele de "Capitala tropicelor". Soarele apunea oferind mediului un aspect și mai magnific. Ce frumos să fii acolo în acel moment!

Când au ajuns în noul punct, s-au apropiat de țărmurile mării și apoi s-au lansat în apele sale reci și calme. Sentimentul provocat este extaziat de bucurie, mulțumire, satisfacție și pace. Pierzându-și urma timpului, înoată până când sunt obosiți. După aceea, se află pe plajă în lumina stelelor, fără nici o teamă sau îngrijorare. Magia a pus stăpânire pe ele strălucit. Un cuvânt care a fost folosit în acest caz a fost "Incomensurabil".

La un moment dat, cu plaja aproape pustie, există o abordare a doi bărbați ai fetelor. Ei încearcă să se ridice și să alerge în fața pericolului. Dar ele sunt oprite de brațele puternice ale băieților.

"Ia-o ușor, fetelor! Nu o să vă rănim! Cerem doar puțină atenție și afecțiune! "Unul dintre ei a vorbit.

Confruntate cu tonul moale, fetele au râs cu emoție. Dacă voiau sex, de ce să nu-i satisfacă? Ei au fost experți în această artă. Răspunzând așteptărilor lor, s-au ridicat și i-au ajutat să-și scoată hainele. Au livrat două prezervative și au făcut o striptease. A fost suficient să-i înnebunească pe cei doi bărbați.

Căzând la pământ, se iubeau în perechi, iar mișcările lor au făcut ca podeaua să se agite. Și-au permis toate variațiile și dorințele sexuale ale ambelor. În acest moment de livrare, ei nu-i păsa de nimic sau de nimeni. Pentru ei, ei erau singuri în univers într-un mare ritual al iubirii fără prejudecăți. În sex, ele s-au împletit pe deplin producând o putere nemaivăzută. Ca și instrumentele, ele făceau parte dintr-o forță mai mare în continuarea vieții.

Doar epuizarea îi obligă să se oprească. Pe deplin satisfăcuți, bărbații renunță și pleacă. Fetele decid să se întoarcă la mașină. Ei își încep călătoria înapoi la reședința lor. Ei bine, au luat cu ei experiențele lor și se așteptau la vești bune despre concursul la care au participat. Cu siguranță meritau cel mai bun noroc din lume.

Trei ore mai târziu, au venit acasă în pace. Ei îi mulțumesc lui Dumnezeu pentru binecuvântările acordate mergând la culcare. Zilele trecute, așteptam mai multe emoții pentru cei doi maniaci.

Întoarcerea profesorului

Auroră. Soarele răsare devreme, razele sale trecând prin crăpăturile ferestrei mergând să mângâie fețele pruncilor noștri dragi. În plus, briza fină a dimineții a ajutat la crearea unei stări de spirit în ele. Cât de frumos a fost să avem ocazia unei alte zile cu binecuvântarea Tatălui. Încet-încet, cei doi se ridică din paturile respective la în același timp. După baie, întâlnirea lor are loc în baldachin, unde pregătesc micul dejun împreună. Este un moment de bucurie, anticipare şi distragere a atenţiei împărtăşind experienţe în momente incredibil de fantastice.

După ce micul dejun este gata, se adună în jurul mesei aşezat confortabil pe scaune de lemn cu un spătar pentru coloană. În timp ce mănâncă, fac schimb de experienţe intime.

Belinha

Sora mea, ce a fost asta?

Amelinha

Emoţie pură! Încă îmi amintesc fiecare detaliu al trupurilor acelor cretini dragi!

Belinha

Şi eu! Am simţit o plăcere imensă. A fost aproape extra senzoriu.

Amelinha

Ştiu! Să facem aceste lucruri nebuneşti mai des!

Belinha

Sunt de acord!

Amelinha

Ţi-a plăcut testul?

Belinha

Mi-a plăcut. Sunt pe moarte pentru a verifica performanţa mea!

Amelinha

Şi eu!

Imediat ce au terminat de hrănit, fetele şi-au luat telefoanele mobile accesând internetul mobil. Ei au navigat la pagina organizaţiei pentru a verifica părere dovezii. Au scris-o pe hârtie şi s-au dus în cameră să verifice răspunsurile.

Înăuntru, au sărit de bucurie când au văzut nota bună. Trecuseră! Emoția resimțită nu a putut fi conținută chiar acum. După ce a sărbătorit mult, el are cea mai bună idee: Invită-l pe maestrul Renato pentru ca ei să poată sărbători succesul misiunii. Belinha este din nou responsabilă de misiune. Își ridică telefonul și sună.

Belinha

Bună ziua?

Renato

Bună, ești bine? Cum ești, dulce Belle?

Belinha

Foarte bine! Ghici ce tocmai sa întâmplat.

Renato

Nu-mi spuneți....

Belinha

Da! Am trecut concursul!

Renato

Felicitările mele! Nu v-am spus?

Belinha

Doresc să vă mulțumesc foarte mult pentru cooperare în toate modurile. Mă înțelegi, nu-i așa?

Renato

Eu înțeleg. Trebuie să stabilim ceva. De preferat la tine acasă.

Belinha

Tocmai de aceea am sunat. Putem face acest lucru astăzi?

Renato

Da! Pot să o fac în seara asta.

Belinha

Minune. Vă așteptăm apoi la ora opt noaptea.

Renato

Ok. Pot să-l aduc pe fratele meu?

Belinha

Desigur!

Renato

Pe mai târziu!

Belinha

Pe mai târziu!

Conexiunea se termină. Uitând-se la sora ei, Belinha lasă un râs de fericire. Curios, celălalt întreabă:

Amelinha

Și ce dacă? el vine?

Belinha

Este în regulă! La ora opt în această seară ne vom reuni. El și fratele lui vin! Te-ai gândit la orgie?

Amelinha

Spune-mi despre asta! Sunt deja trepidant cu emoție!

Belinha

Să fie inimă! Sper că funcționează!

Amelinha

"Totul s-a rezolvat!

Cei doi râde simultan umplând mediul cu vibrații pozitive. În acel moment, nu aveam nici o îndoială că soarta conspira pentru o noapte de distracție pentru acel duo maniac. Re-alizaseră deja atât de multe etape împreună, încât nu aveau să slăbească acum. Prin urmare, ei ar trebui să continue să idolatrizeze bărbații ca un joc sexual și apoi să-i arunce. Asta a fost cea mai mică rasă ar putea face pentru a plăti pentru suferința lor. De fapt, nicio femeie nu merită să sufere. Sau, mai degrabă, fiecare femeie nu merită durere.

Timp pentru a ajunge la locul de muncă. Lăsând camera deja pregătită, cele doua surori merg la garaj unde pleacă in mașina personala. Amelinha o duce mai întâi pe Belinha la școală și apoi pleacă la biroul fermei. Acolo, ea emană bucurie și spune știrile profesionale. Pentru aprobarea concursului, el primește felicitările tuturor. Același lucru se întâmplă și cu Belinha.

Mai târziu, se întorc acasă și se întâlnesc din nou. Apoi începe pregătirea pentru a primi colegii tăi. Ziua a promis că va fi și mai specială.

Exact la ora programată, aud bătând la ușă. Belinha, cea mai deșteaptă dintre ele, se ridică și răspunde. Cu pași fermi și siguri, se pune în ușă și o deschide încet. La terminarea acestei operații, el vizualizează perechea de frați. Cu un semnal de la gazdă, intră și se așază pe canapeaua din camera de zi.

Renato

Acesta este fratele meu. Numele lui este Ricardo.

Belinha

Mă bucur să te cunosc, Ricardo.

Amelinha

Sunteți bineveniți aici!

Ricardo

Vă mulțumesc amândurora. Plăcerea este tot a mea!

Renato

Sunt gata! Putem merge doar în cameră?

Belinha

Hai!

Amelinha

Cine primește cine acum?

Renato

Eu aleg Belinha mine.

Belinha

Mulțumesc, Renato, mulțumesc! Suntem împreună!

Ricardo

Voi fi fericit să rămână cu Amelinha!

Amelinha

Vei tremura!

Ricardo

Vom vedea!

Belinha

Apoi, să înceapă petrecerea!

Bărbații au așezat ușor femeile pe braț ducându-le până la paturile situate în dormitorul unuia dintre ei. Ajunși la locul respectiv, își scot hainele și cad în mobilierul frumos începând ritualul iubirii în mai multe poziții, schimb de mângâieri și complicitate. Emoția și plăcerea au fost atât de mari încât gemetele produse au putut fi auzite peste drum scandalizând vecinii. Adică, nu atât de mult, pentru că știau deja despre faima lor.

Cu concluzia de sus, îndrăgostiții se întorc în bucătărie unde beau suc cu biscuiți. În timp ce mănâncă, ei discută timp de două ore, crescând interacțiunea grupului. Cât de bine a fost să fii acolo învățând despre viață și cum să fii fericit. Mulțumirea înseamnă să fii bine cu tine însuți și cu lumea afirmându-și experiențele și valorile în fața altora, purtând certitudinea de a nu putea fi judecați de alții. Prin urmare, maximul pe care îl credeau era "Fiecare este propria lui persoană".

Până la căderea nopții, în cele din urmă își iau la revedere. Vizitatorii pleacă din "Dragi Pirinei" și mai euforici atunci când se gândesc la situații noi. Lumea a continuat să se întoarcă spre cei doi confidenți. Fie ca ei să fie norocoși!

Clovnul maniacal

Duminică a venit și cu el o mulțime de știri în oraș. Printre acestea, sosirea unui circ numit "Superstar", celebru în toată Brazilia. Despre asta am vorbit în zonă. Curioase, cele două surori s-au programat să participe la deschiderea show-ului programat chiar în această seară.

Aproape de program, cei doi erau deja gata să iasă după o cină specială pentru celebrarea persoanei necăsătorite. Îmbrăcați pentru gală, ambii au defilat simultan, unde au ieșit din casă și au intrat în garaj. Intrând în mașină, încep cu unul dintre ei coborând și închizând garajul. Odată cu întoarcerea aceluiași lucru, călătoria poate fi reluată fără alte probleme.

Părăsind districtul Saint Christopher, îndreptați-vă spre districtul Boa Vista de la celălalt capăt al orașului, capitala hinterlandului cu aproximativ optzeci de mii de locuitori. În timp ce se plimbă pe bulevardele liniștite, sunt uimiți de arhitectură, decorațiunile de Crăciun, spiritele oamenilor, bisericile, munții despre care părcau să vorbească, jocurile de cuvinte parfumate schimbate în complicitate, sunetul rock-ului puternic, parfumul francez, conversațiile despre politică, afaceri, societate, partide, cultura nord-estică şi secrete. Oricum, erau total relaxaţi, anxioşi, nervoşi şi concentraţi.

Pe drum, instantaneu, cade o ploaie fină. Împotriva aşteptărilor, fetele deschid geamurile vehiculului făcând mici picături de apă să-şi ungă feţele. Acest gest le arată simplitatea şi autenticitatea, adevăraţi campioni auto-astrali. Aceasta este cea mai bună opţiune pentru oameni. Care este rostul înlăturării eşecurilor, a neliniştii şi a durerii trecutului? Nu i-ar duce nicăieri. De aceea au fost fericiţi prin alegerile lor. Deşi lumea îi judeca, nu le păsa pentru că deţineau destinul lor. La mulţi ani pentru ei!

Aproximativ zece minute afară, acestea sunt deja în parcarea ataşată la circ. Închid maşina, merg câţiva metri în curtea interioară a mediului. Pentru a veni mai devreme, ei stau pe înălbitori primul. În timp ce aşteptaţi spectacolul, ei cumpără floricele, bere, renunţă la rahat şi jocuri de cuvinte tăcute. Nu era nimic mai bun decât să fii în circ!

Patruzeci de minute mai târziu, spectacolul este iniţiat. Printre atracţii se numără clovni glumeţi, acrobaţi, artişti trapez, contorsionişti, globul morţii, magicieni, jonglerii şi un spectacol muzical. Timp de trei ore, trăiesc momente magice, amuzante, distrase, se joacă, se îndrăgostesc, în sfârşit, trăiesc. Odată cu destrămarea spectacolului, ei au grijă să meargă la vestiar şi să salute unul dintre clovni. El a realizat cascadorie de a-i înveseli ca niciodată nu sa întâmplat.

Sus pe scenă, trebuie să obţineţi o linie. Coincidenţă, ei sunt ultimii care intră în vestiar. Acolo, găsesc un clovn desfigurat, departe de scenă.

"Am venit aici să vă felicităm pentru marele dumneavoastră

spectacol. Există un dar al lui Dumnezeu în el! A privit-o pe Belinha.

"Cuvintele tale și gesturile tale mi-au zguduit spiritul. Nu știu, dar am observat o tristețe în ochii tăi. Am dreptate?

"Vă mulțumesc amândurora pentru cuvinte. Care sunt numele tale? I-a răspuns clovnului.

"Numele meu este Amelinha!

"Numele meu este Belinha.

"Mă bucur să te cunosc. Puteți să-mi spuneți Gilbert! Am trecut prin destule dureri în această viață. Una dintre ele a fost recenta despărțire de soția mea. Trebuie să înțelegeți că nu este ușor să vă separați de soția voastră după 20 de ani de viață, nu? Indiferent, eu sunt bucuros să îndeplinească arta mea.

"Săracul! Îmi pare rău! (Amelinha).

"Ce putem face pentru a-l înveseli? (Belinha).

"Nu știu cum. După despărțirea soției mele, mi-e atât de dor de ea. (Gilbert).

"Putem rezolva acest lucru, nu putem noi, sora? (Belinha).

"Sigur. Ești un om arătos. (Amelinha)

"Vă mulțumesc, fetelor. Ești minunat. L-a exclamat pe Gilbert.

Fără să mai aștepte, bărbatul alb, înalt, puternic, cu ochi negri s-a dezbrăcat, iar doamnele i-au urmat exemplul. Dezbrăcați, cei trei au intrat în preludiu chiar acolo, pe podea. Mai mult decât un schimb de emoții și înjurături, sexul i-a amuzat și i-a înveselit. În acele scurte momente, ei au simțit părți dintr-o forță mai mare, dragostea lui Dumnezeu. Prin iubire, ei au ajuns la extazul mai mare pe care un om l-ar putea atinge.

Terminând actul, se îmbracă și își iau la revedere. Acel pas în plus și concluzia care a venit a fost că omul era un lup sălbatic. Un clovn maniacal pe care nu-l vei uita niciodată. Nu mai mult, părăsesc circul moțându-se în parcare. Se urcă în mașină începând să se întoarcă. În următoarele zile s-au promis mai multe surprize.

Al doilea zori a venit mai frumos ca niciodată. Dimineața devreme, prietenii noștri sunt încântați să simtă căldura soarelui și briza rătăcind în fața lor. Aceste contraste au cauzat în aspectul fizic al aceluiași un sentiment bun de libertate, mulțumire, satisfacție și bucurie. Erau gata, pentru, să înfrunte o nouă zi.

Cu toate acestea, ei își concentrează forțele culminând cu ridicarea lor. Următorul pas este să mergeți la suită și să o faceți cu o vagabondaj extrem ca și cum ar fi din statul Bahia. Să nu ne rănească vecinii dragi, desigur. Țara tuturor sfinților este un loc spectaculos, plin de cultură, istorie și tradiții laice. Trăiască Bahia.

În baie, își scot hainele prin senzația ciudată că nu erau singuri. Cine se aude vreodată de legenda băii blonde? După un maraton de filme de groază, era normal să ai probleme cu el. În clipa de după aceea, dau din cap încercând să fie mai liniștiți. Dintr-o dată, îmi vine în minte fiecare dintre ei, traiectoria lor politică, latura lor cetățenească, latura lor profesională, religioasă și aspectul lor sexual. Se simt bine că sunt dispozitive imperfecte. Ei au fost siguri că calitățile și defectele au adăugat la personalitatea lor.

Mai mult, se încuie în baie. Prin deschiderea dușului, ei lasă apa fierbinte să curgă prin corpurile transpirate din cauza căldurii din noaptea de dinainte. Lichidul serveşte ca un catalizator care absoarbe toate lucrurile triste. Exact de asta aveau nevoie acum: să uite durerea, trauma, dezamăgirile, neliniştea care încearcă să găsească noi aşteptări. Anul în curs a fost crucial în acest sens. O întorsătură fantastică în fiecare aspect al vieţii.

Procesul de curăţare este iniţiat cu utilizarea de bureţi de plante, săpun, şampon, în plus faţă de apă. În prezent, ei simt una dintre cele mai bune plăceri care te obligă să-ţi aminteşti biletul pe recif şi aventurile de pe plajă. Intuitiv, spiritul lor sălbatic cere mai multe aventuri în ceea ce ei stau să analizeze cât mai curând posibil. Situaţia favorizata de timpul liber realizat la munca amândoi ca premiu de dedicare pentru serviciul public.

Timp de aproximativ 20 de minute, au lăsat puţin deoparte obiectivele lor de a trăi un moment reflectorizant în intimitatea lor respectivă. La sfârşitul acestei activităţi, ei ies din toaletă, şterg corpul umed cu prosopul, poartă haine şi încălţăminte curate, poartă parfum elveţian, machiaj importat din Germania cu ochelari de soare şi coroniţe cu adevărat frumoase. Complet gata, se mută în pahar cu poşetele pe bandă şi se salută fericiţi cu reunirea datorită bunului Dumnezeu.

În cooperare, ei pregătesc un mic dejun de invidie: cuşcuş în sos de pui, legume, fructe, cremă de cafea şi biscuiţi. În părţi egale, alimentele sunt împărţite. Alternează momentele de reculegere cu scurte schimburi de cuvinte pentru că erau politicoase. Terminat micul dejun, nu există nici o scăpare dincolo de ceea ce au intenţionat.

"Ce sugerezi, Belinha? Sunt plictisit!

"Am o idee inteligentă. Vă mai amintiți de acea persoană pe care am întâlnit-o la festivalul literar?

"Îmi amintesc. El a fost un scriitor, iar numele său a fost divin.

"Am numărul lui. Ce zici de a lua legătura? Aș vrea să știu unde locuiește.

"Și eu. Mare idee. Fă-o. Îmi va plăcea.

"Bine!

Belinha și-a deschis poșeta, și-a luat telefonul și a început să sune. În câteva momente, cineva răspunde la replică și începe conversația.

"Bună ziua.

"Bună, Divin. În regulă?

"Bine, Belinha. Cum merge?

"Ne descurcăm bine. Uite, este că invitația încă pe? Sora mea și cu mine ne-am dori să avem un spectacol special în această seară.

"Bineînțeles, da. Nu vei regreta. Aici avem ferăstraie, natură abundentă, aer curat dincolo de compania mare. Sunt disponibil astăzi, de asemenea.

"Ce minunat. Ei bine, așteptați-ne la intrarea în sat. În cele mai multe 30 de minute suntem acolo.

"E ok. Pe mai târziu!

"Ne vedem mai târziu!

Apelul se încheie. Cu un rânjet ștampilat, Belinha se întoarce să comunice cu sora ei.

"El a spus că da. Să ne?

"Haide. Ce așteptăm?

Ambele paradă de la ceașcă la ieșirea din casă, închizând

uşa în spatele lor cu o cheie. Apoi se mută în garaj. Ei conduc maşina oficială a familiei, lăsându-şi problemele în urmă aşteptând noi surprize şi emoţii pe cel mai important teren din lume. Prin oraş, cu un sunet puternic pornit, şi-au păstrat mica speranţă pentru ei înşişi. A meritat totul în acel moment până când m-am gândit la şansa de a fi fericit pentru totdeauna.

Cu un timp scurt, ei iau partea dreaptă a autostrăzii BR 232. Deci, începe cursul cursului spre realizare şi fericire. Cu viteză moderată, se pot bucura de peisajul montan de pe malul pistei. Deşi era un mediu cunoscut, fiecare pasaj de acolo era mai mult decât o noutate. A fost un sine redescoperit.

Trecând prin locuri, ferme, sate, nori albaştri, cenuşă şi trandafiri, aerul uscat şi temperatura caldă merg. În timpul programat, ei vin la cele mai bucolice de la intrarea în interiorul brazilian. Mimosul colonelelor, al psihicului, al Neprihănitei Concepţii şi al oamenilor cu o mare capacitate intelectuală.

Când s-au oprit la intrarea în cartier, îl aşteptau pe prietenul tău drag cu acelaşi zâmbet ca întotdeauna. Un semn bun pentru cei care căutau aventuri. Ieşind din maşina, se duc sa se întâlnească cu nobilul coleg care ii primeşte cu o îmbrăţişare care devine tripla. Această clipă nu pare să se termine. Ele se repetă deja, încep să schimbe primele impresii.

"Cum eşti tu, Divin? Întrebat Belinha.

"Bun, cum eşti? Corespundea psihicul.

"Minunat! (Belinha).

"Mai bine ca niciodată, a completat-o pe Amelinha.

"Am o idee foarte bună. Cum ar fi să urcăm pe muntele

Ororubá? Exact acum opt ani a început traiectoria mea în literatură.

"Ce frumuseţe! Va fi o onoare! (Amelinha).

"Şi pentru mine! Iubesc natura. (Belinha).

"Deci, să mergem acum. (Aldivan).

Semnând să urmeze, prietenul misterios al celor două surori a avansat pe străzile din centrul oraşului. Până la dreapta, intrând într-un loc privat şi mergând aproximativ o sută de metri le pune în partea de jos a ferăstrăului. Ei fac o oprire rapidă, astfel încât să se poată odihni şi hidrata. Cum a fost să urci pe munte după toate aceste aventuri? Sentimentul a fost pacea, colectarea, îndoiala şi ezitarea. A fost ca şi cum ar fi fost prima dată cu toate provocările taxate de soartă. Dintr-o dată, prietenii îl înfruntă pe marele scriitor cu zâmbetul pe buze.

"Cum a început totul? Ce înseamnă asta pentru tine? (Belinha).

"În 2009, viaţa mea se învârtea în monotonie. Ceea ce m-a ţinut în viaţă a fost dorinţa de a exterioriza ceea ce simţeam în lume. Atunci am auzit de acest munte şi de puterile minunatei sale peşteri. Nici o cale de ieşire, am decis să ia o şansă în numele visului meu. Mi-am făcut bagajele, am urcat pe munte, am făcut trei provocări despre care am fost acreditată a intrat în grota disperării, cea mai mortală şi periculoasă grotă din lume. În interiorul ei, am depăşit marile provocări, terminând pentru a ajunge în sală. În acel moment de extaz s-a întâmplat minunea, am devenit psihic, o fiinţă omniscientă prin viziunile sale. Până acum, au mai fost douăzeci de aventuri şi nu mă voi opri atât de curând. Datorită cititorilor, treptat, îmi ating scopul de a cuceri lumea .

"Interesant. Sunt un fan al tău. (Amelinha).

"Emoționant. Știu cum trebuie să vă simțiți despre îndeplinirea acestei sarcini din nou. (Belinha).

"Excelent. Mă simt un amestec de lucruri bune, inclusiv succesul, credința, gheara, și optimism. Asta îmi dă energie bună, a spus psihicul.

"Bun. Ce sfaturi ne dați?

"Să ne păstrăm concentrarea. Sunteți gata să aflați mai bine pentru voi înșivă? (comandantul).

"Da. Au fost de acord cu amândouă.

"Apoi urmați-mă.

Trio și-a reluat activitatea. Soarele se încălzește, vântul suflă puțin mai puternic, păsările zboară și cântă, pietrele și spinii par să se miște, pământul se agită și vocile de munte încep să acționeze. Acesta este mediul prezentat pe urcarea ferăstrăului.

Cu multă experiență, bărbatul din peșteră ajută femeile tot timpul. Acționând astfel, el a pus în practică virtuți importante ca solidaritate și cooperare. În schimb, i-au împrumutat o căldură umană și o dăruire inegală. Am putea spune că a fost acel trio insurmontabil, de neoprit, competent.

Încetul cu încetul, urcă pas cu pas pașii fericirii. În ciuda realizărilor considerabile, ei rămân neobosiți în căutarea lor. Într-o continuare, ele încetinesc puțin ritmul mersului, dar menținându-l constant. După cum se spune, încet merge departe. Această certitudine îi însoțește tot timpul creând un spectru spiritual de pacienți, prudență, toleranță și depășire. Cu aceste elemente, ei au avut credința de a depăși orice adversitate.

Următorul punct, piatra sacră, încheie o treime din curs. Există o scurtă pauză și se bucură de ea pentru a se ruga, a mulțumi, a reflecta și a planifica pașii următori. În măsura corectă, ei căutau să-și satisfacă speranțele, temerile, durerea, tortura și tristețile. Pentru că au credință, o pace de neșters le umple inimile.

Odată cu repornirea călătoriei, incertitudinea, îndoielile și puterea întoarcerilor neașteptate de a acționa. Deși i-ar putea înspăimânta, ei au purtat siguranța de a fi în prezența lui Dumnezeu și a micului încolțit din interior. Nimic sau cineva nu le-ar putea face rău pur și simplu pentru că Dumnezeu nu ar permite acest lucru. Și-au dat seama de această protecție în fiecare moment dificil al vieții în care alții pur și simplu i-au abandonat. Dumnezeu este efectiv singurul nostru prieten loial.

Mai mult, ele sunt la jumătatea drumului. Urcarea rămâne realizată cu mai multă dăruire și ton. Contrar a ceea ce se întâmplă de obicei cu alpiniștii obișnuiți, ritmul ajută motivația, voința și livrarea. Deși nu au fost sportivi, a fost remarcabil performanța lor pentru a fi tineri sănătoși și dedicați.

După finalizarea a trei sferturi din traseu, așteptările ajung la niveluri insuportabile. Cât timp ar trebui să aștepte? În această clipă de presiune, cel mai bun lucru de făcut a fost să încerci să controlezi impulsul curiozității. Toată atenția s-a datorat acum acțiunii forțelor opuse.

Cu un pic mai mult timp, ei termină în cele din urmă traseul. Soarele strălucește mai strălucitor, lumina lui Dumnezeu ii luminează si ieșind dintr-o poteca, paznicul si fiul sau Renato. Totul a renăscut complet în inima acelor micuți minunați. Ei meritau acest har pentru că au muncit atât de mult. Următorul pas al psihicului este de a rula într-o îmbrățișare strânsă cu binefăcătorii săi. Colegii săi îl urmăresc și fac îmbrățișarea chin tusorului.

"Mă bucur să te văd, fiul lui Dumnezeu! Nu te-am văzut de mult timp! Instinctul meu matern m-a avertizat cu privire la abordarea ta, a spus doamna ancestrale.

"Mă bucur! Este ca și cum mi-aș aminti prima mea aventură. Au fost atât de multe emoții. Muntele, provocările, peștera și călătoria în timp mi-au marcat povestea. Revenirea aici îmi aduce reminiscențe bune. Acum, aduc cu mine doi războinici prietenoși. Aveau nevoie de această întâlnire cu cea sacră.

"Care sunt numele dumneavoastră, doamnelor? A întrebat gardianul muntelui.

"Mă numesc Belinha și sunt auditor.

"Numele meu este Amelinha, și eu sunt un profesor. Trăim în Arcoverde.

"Bine ai venit, doamnelor. (Gardianul Muntelui.).

"Suntem recunoscători! Au spus în concomitent cei doi vizitatori cu lacrimi care le trec prin ochi.

"Îmi plac și prieteniile noi. Faptul că sunt din nou lângă stăpânul meu îmi face o plăcere deosebită din partea celor de nedescris. Singurii oameni care știu să înțeleagă asta suntem noi doi. Nu-i așa, partener? (Renato).

"Nu te schimbi niciodată, Renato! Cuvintele tale sunt de neprețuit. Cu toată nebunia mea, găsirea lui a fost unul dintre lucrurile bune ale destinului meu.

Prietenul meu și fratele meu a răspuns psihic, fără a calcula cuvintele. Au ieșit natural pentru adevăratul sentiment care l-a hrănit.

"Suntem corespondați în aceeași măsură. De aceea, povestea noastră este un succes, a spus tânărul.

"Ce frumos să fie în această poveste. Habar n-aveam cât de special este muntele în traiectoria lui, dragă scriitoare, a spus Amelinha.

"E foarte admirabil, soră. În plus, prietenii tăi sunt cu adevărat drăguți. Trăim adevărata ficțiune și acesta este cel mai minunat lucru care există. (Belinha).

"Apreciem complimentul. Cu toate acestea, trebuie să vă săturați de efortul depus la alpinism. Cum ar fi să mergem acasă? Întotdeauna avem ceva de oferit. (Doamnă).

"Am profitat de ocazie pentru a ne recupera conversațiile. Mi-e atât de dor de Renato.

"Cred că este minunat. Cât despre doamne, ce spui?

"O să-mi placă. (Belinha).

"O vom face!

"Atunci să plecăm! A terminat masterul.

Cvintetul începe să meargă în ordinea dată de acea figură fantastică. Imediat, o lovitură rece prin scheletele obosite ale clasei. Cine era acea femeie și ce puteri avea? În ciuda atâtor momente petrecute împreună, misterul a rămas încuiat ca o ușă la șapte chei. N-ar ști niciodată pentru că făcea parte din secretul muntelui. În același timp, inimile lor au rămas în ceață. Erau extenuați să doneze dragoste și să nu primească, să ierte și să dezamăgească din nou. Oricum, fie s-au obișnuit cu realitatea vieții, fie ar suferi foarte mult. Prin urmare, aveau nevoie de un sfat.

Pas cu pas, vor trece peste obstacole. Instantaneu, aud un țipăt tulburător. Cu o singură privire, șeful îi calmează. Acesta a fost sensul ierarhiei, în timp ce cei mai puternici și mai experimentați protejați, slujitorii se întorceau cu dăruire, închinare și prietenie. Era o stradă cu două sensuri.

Din păcate, ei vor gestiona plimbarea cu mare și blândețe. Ce idee i-a trecut prin cap lui Belinha? Ei se aflau în mijlocul tufișului prins de animale urâte care le-ar putea răni. În afară de asta, erau spini și pietre ascuțite pe picioarele lor. Ca orice situație are punctul ei de vedere, fiind acolo a fost singura șansa de a te înțelege pe tine si dorințele tale, ceva deficit in viată vizitatorilor. Curând, a meritat aventura.

În următoarea jumătate a drumului, ei vor face o oprire. Chiar lângă acolo era o livadă. Ei se îndreaptă spre cer. Aluzie la povestea Bibliei, ei s-au simțit complet liberi și integrați în natură. Ca și copiii, se joacă cățărându-se în copaci, iau fructele, coboară și le mănâncă. Apoi meditează. Au învățat imediat ce viața este făcută de momente. Fie că sunt triști sau fericiți, este bine să ne bucurăm de ele în timp ce suntem în viață.

În clipa de după aceea, ei fac o baie răcoritoare în lacul atașat. Acest fapt provoacă amintiri bune de odinioară, dintre cele mai remarcabile experiențe din viața lor. Cât de frumos a fost să fii copil! Cât de greu a fost să crești și să înfrunți viața de adult. Trăiți cu falsul, minciuna și falsa moralitate a oamenilor.

Mergând mai departe, se apropie de destin. În dreapta, pe traseu, puteți vedea deja plita simplă. Acesta a fost sanctuarul celor mai minunați și misterioși oameni de pe munte. Au fost minunaţi, ceea ce dovedeşte că valoarea unei persoane nu este în ceea ce posedă. Nobleţea sufletului este în caracter, în atitudini de caritate şi consiliere. Deci, se spune: un prieten în piaţă este mai bun decât banii depuşi într-o bancă.

Cu câţiva paşi înainte, se opresc în faţa intrării în cabină. Vor primi răspunsuri la întrebările tale interioare? Numai timpul ar putea răspunde la această întrebare şi la alte întrebări. Cel mai important lucru în acest sens a fost că ei au fost acolo pentru orice vine şi merge.

Luând rolul gazdei, gardianul deschide uşa, oferind tuturor celorlalţi acces la interiorul casei. Ei intră în cabina goală, observând totul pe scară largă. Ei sunt impresionaţi de delicateţea locului reprezentat de ornamentaţie, obiecte, mobilier şi climatul de mister. Contradictorii, au existat mai multe bogăţii şi diversitate culturală decât în multe palate. Deci, ne putem simţi fericiţi şi compleţi chiar şi în medii umile.

Rând pe rând, vă veţi aşeza în locaţiile disponibile, cu excepţia faptului că Renato merge la bucătărie pentru a pregăti prânzul. Climatul iniţial de timiditate este rupt.

"Aş vrea să vă cunosc mai bine, fetelor.

"Suntem două fete din Arcoverde City. Suntem fericiţi din punct de vedere profesional, dar învinşi în dragoste. De când am fost trădată de vechea mea parteneră, am fost frustrată, a mărturisit Belinha.

"Atunci am decis să ne întoarcem la bărbaţi. Am făcut un pact pentru a-i ademeni şi a-i folosi ca obiect. Nu vom mai suferi niciodată, a spus Amelinha.

"Le ofer tot sprijinul meu. I-am cunoscut în mulţime şi acum a venit ocazia lor de a vizita aici. (Fiul lui Dumnezeu)

"Interesant. Aceasta este o reacţie naturală la suferinţa dezamăgirilor. Cu toate acestea, nu este cel mai bun mod de a fi urmat. Judecarea unei întregi specii după atitudinea unei persoane este o greşeală clară. Fiecare are individualitatea lui. Această faţă sacră şi neruşinată a ta poate genera mai mult conflict şi plăcere. Depinde de tine să găseşti punctul potrivit al acestei poveşti. Ceea ce pot face este să sprijin aşa cum a făcut prietenul tău şi să devin un accesoriu al acestei poveşti analizate spiritul sacru al muntelui.

"O să-mi permit. Vreau să mă regăsesc în acest altar. (Amelinha).

"Accept şi prietenia voastră. Cine ştia că voi fi într-o telenovelă fantastică? Mitul peşterii şi al muntelui pare aşa şi acum. Pot să-mi fac o dorinţă? (Belinha).

"Desigur, dragă.

"Entităţile montane pot auzi cererile visătorilor umili aşa cum mi s-a întâmplat mie. Aveţi credinţă! (fiul lui Dumnezeu).

"Sunt atât de necredincios. Dar dacă spui aşa, voi încerca. Solicit o concluzie reuşită pentru noi toţi. Lăsaţi fiecare dintre voi să devină realitate în principalele domenii ale vieţii.

"O acord! Tunete o voce profundă în mijlocul camerei.

Ambele curve au făcut un salt la pământ. Între timp, ceilalţi au râs şi au plâns la reacţia celor doi. Acest fapt a fost mai mult o acţiune de soartă. Ce surpriză. Nu era nimeni care să fi putut prezice ce se întâmplă în vârful muntelui. De când un indian celebru murise la faţa locului, senzaţia realităţii lăsase loc supranaturalului, misterului şi neobişnuitului.

"Ce naiba a fost tunetul ăla? Tremur până acum, a mărturisit Amelinha.

"Am auzit ce a spus vocea. Mi-a confirmat dorința. Visez? Întrebat Belinha.

"Miracole se întâmplă! În timp, veți ști exact ce înseamnă să spuneți acest lucru, a spus maestrul.

"Eu cred în munte și trebuie să crezi și tu în el. Prin miracolul ei, rămân aici convins și sigur de deciziile mele. Dacă eșuăm o dată, putem să o luăm de la capăt. Există întotdeauna speranță pentru cei în viață, l-a asigurat pe șamanul psihicului care arată un semnal pe acoperiș.

"O lumină. Ce înseamnă aceasta? (Belinha).

"Este atât de frumos și luminos. (Amelinha).

"Este lumina prieteniei noastre eterne. Deși dispare fizic, ea va rămâne intactă în inimile noastre. (Gardianul

"Suntem cu toții lumină, deși în moduri distinse. Destinul nostru este fericirea. (Psihic).

Aici intervine Renato și face o propunere.

"E timpul să ieșim și să ne găsim niște prieteni. A venit timpul pentru distracție.

"Aștept cu nerăbdare să-l. (Belinha)

"Ce așteptăm? Este timpul. (ȚIPETE)

Cvartetul iese în pădure. Ritmul pașilor este rapid ceea ce dezvăluie o angoasă interioară a personajelor. Mediul rural din Mimoso a contribuit la un spectacol al naturii. Cu ce provocări v-ați confrunta? Animalele feroce ar fi periculoase? Miturile muntelui puteau ataca în orice moment, ceea ce era destul de periculos. Dar curajul a fost o calitate pe care toată lumea de acolo a purtat-o. Nimic nu le va opri fericirea.

A venit timpul. În echipa de active se aflau un bărbat de culoare, Renato, și o persoană cu părul blond. În echipa pasivă au fost Divin, Belinha și Amelinha. cu echipa formată, distracția începe printre verdele gri din pădurea de țară.

Tipul negru datează Divin. Renato datează Amelinha și bărbatul blond data Belinha. Sexul în grup începe la schimbul de energie între cei șase. Toate au fost pentru toată lumea pentru unul. Setea de sex și plăcere era comună tuturor. Schimbând pozițiile, fiecare experimentează senzații unice. Ei încearcă sexul anal, sexul vaginal, sexul oral, sexul în grup, printre alte modalități de sex. Asta dovedește că iubirea nu este un păcat. Este un comerț cu energie fundamentală pentru evoluția umană. Fără vinovăție, ei schimbă rapid partenerul, ceea ce oferă orgasme multiple. Este un amestec de extaz care implică grupul. Ei petrec ore întregi făcând sex până când sunt obosiți.

După ce totul este finalizat, ei se întorc la pozițiile lor inițiale. Mai erau multe de descoperit pe munte.

Tur în orașul Pesqueira .

Luni dimineață mai frumoasă ca niciodată. Dis-de-dimineață, prietenii noștri au plăcerea de a simți căldura soarelui și briza rătăcind pe fețele lor. Aceste contraste au cauzat în aspectul fizic al aceluiași un sentiment bun de libertate, mulțumire, satisfacție și bucurie. Erau gata, pentru, să înfrunte o nouă zi.

La al doilea gând, ei își concentrează forțele culminând cu ridicarea lor. Următorul pas este să mergeți la apartamente și să o faceți cu vagabondaj extrem ca și cum ar fi din statul Bahia. Să nu ne rănească vecinii dragi, desigur. Țara tuturor sfinților este un loc spectaculos, plin de cultură, istorie și tradiții laice. Trăiască Bahia!

În baie, își scot hainele prin senzația ciudată că nu erau singuri. Cine se aude vreodată de legenda băii blonde? După un maraton de filme de groază, era normal să ai probleme cu el. În clipa de după aceea, dau din cap încercând să fie mai liniștiți. Dintr-o dată, vine în mintea fiecăruia dintre ei traiectoria lor politică, partea lor de cetățean, latura lor profesională, religioasă și aspectul lor sexual. Se simt bine că sunt dispozitive imperfecte. Ei au fost siguri că calitățile și defectele au adăugat la personalitatea lor.

Se încuie în baie. Prin deschiderea dușului, ei lasă apa fierbinte să curgă prin corpurile transpirate din cauza căldurii din noaptea de dinainte. Lichidul servește ca un catalizator care absoarbe toate lucrurile triste. Exact de asta aveau nevoie acum: uitați de durere, de traumă, de dezamăgiri, de neliniștea care încearcă să găsească noi așteptări. anul în curs a fost crucial în el. O întorsătură fantastică în fiecare aspect al vieții.

Procesul de curățare este inițiat cu ajutorul ștergătorului de corp, săpunului, șamponului dincolo de apă. În prezent, ei simt una dintre cele mai bune plăceri care îi obligă să-și amintească trecerea pe recif și aventurile de pe plajă. Intuitiv, spiritul lor sălbatic cere mai multe aventuri în ceea ce ei stau să analizeze cât mai curând posibil. Situația favorizata de timpul liber realizat la munca amândoi ca premiu de dedicare pentru serviciul public.

Timp de aproximativ 20 de minute, au lăsat puțin

deoparte obiectivele lor de a trăi un moment reflectorizant în intimitatea lor respectivă. La sfârșitul acestei activități, ei ies din toaletă, șterg corpul umed cu prosopul, poartă haine și încălțăminte curate, poartă parfum elvețian, machiaj importat din Germania cu ochelari de soare și coronițe cu adevărat frumoase. Complet gata, se mută în pahar cu poșetele pe bandă și se salută fericiți cu reunirea datorită bunului Dumnezeu.

În cooperare, ei pregătesc un mic dejun de invidie, sos de pui, legume, fructe, cremă de cafea și biscuiți. În părți egale, alimentele sunt împărțite. Alternează momentele de reculegere cu scurte schimburi de cuvinte pentru că erau politicoase. Terminat micul dejun, nu există nici o scăpare stânga decât au intenționat.

"Ce sugerezi, Belinha? Sunt plictisit!

"Am o idee inteligentă. Amintiți-vă că tipul am găsit în mulțime?

"Îmi amintesc. El a fost un scriitor, iar numele său a fost divin.

"Am numărul lui de telefon. Ce zici de a lua legătura? Aș vrea să știu unde locuiește.

"Și eu. Mare idee. Fă-o. Mi-ar plăcea să.

"Bine!

Belinha și-a deschis poșeta, și-a luat telefonul și a început să sune. În câteva momente, cineva răspunde la replică și începe conversația.

"Bună ziua.

"Bună, Divin, cum ești?

"Bine, Belinha. Cum merge?

"Ne descurcăm bine. Uite, este că invitația încă pe? Eu și

sora mea ne-am dori să avem un spectacol special în această seară.

"Bineînțeles, da. Nu vei regreta. Aici avem ferăstraie, natură abundentă, aer curat dincolo de compania mare. Sunt disponibil astăzi, de asemenea.

"Ce minunat! Apoi așteptați-ne la intrarea în sat. În cele mai multe 30 de minute suntem acolo.

"Bine! Deci, până atunci!

"Ne vedem mai târziu!

Apelul se încheie. Cu un rânjet ștampilat, Belinha se întoarce să comunice cu sora ei.

"El a spus că da. Să mergem?

"Hai! Ce așteptăm?

Ambele paradă din ceașcă până la ieșirea din casă închizând ușa în spatele lor cu o cheie. Apoi du-te la garaj. Pilotarea mașinii oficiale de familie, lăsând problemele lor în urmă așteptând noi surprize și emoții pe cel mai important teren din lume. Prin oraș, cu un sunet puternic pornit, și-au păstrat mica speranță pentru ei înșiși. A meritat totul în acel moment până când m-am gândit la șansa de a fi fericit pentru totdeauna.

Cu un timp scurt, ei iau partea dreaptă a autostrăzii BR 232. Deci, începe cursul cursului spre realizare și fericire. Cu viteză moderată, se pot bucura de peisajul montan de pe malul pistei. Deși era un mediu cunoscut, fiecare pasaj de acolo era mai mult decât o noutate. A fost un sine redescoperit.

Trecând prin locuri, ferme, sate, nori albaștri, cenușă și trandafiri, aerul uscat și temperatura caldă merg. În timpul programat, ei vin la cele mai bucolice dintre intrările interioare ale statului Pernambuco. Mimoza colonelelor, al psihicului, al Neprihănitei Concepții și al oamenilor cu o mare capacitate intelectuală.

Când te-ai oprit la intrarea în cartier, îl așteptai pe prietenul tău drag cu același zâmbet ca întotdeauna. Un semn bun pentru cei care căutau aventuri. Ieșiți din mașină, mergeți să vă întâlniți cu colegul nobil care îi primește cu o îmbrățișare care devine triplă. Această clipă nu pare să se termine. Ele se repetă deja, încep să schimbe primele impresii.

"Cum ești tu, Divin? (Belinha)

"Păi, ce zici de tine? (Psihic)

"Minunat! (Belinha)

"Mai bine ca niciodată"(Amelinha)

"Am o idee grozavă, cum ar fi să urcăm pe muntele Ororubá? Exact acum opt ani a început traiectoria mea în literatură.

"Ce frumusețe! Va fi o onoare! (Amelinha)

"și pentru mine! Iubesc natura! (Belinha)

"Deci, să mergem acum! (Aldivan)

Semnând să-l urmeze, prietenul misterios al celor două surori a avansat pe străzile din centrul orașului. Până la dreapta, intrând într-un loc privat și mergând aproximativ o sută de metri le pune în partea de jos a ferăstrăului. Ei fac o oprire rapidă pentru a se odihni și a se hidrata. Cum a fost să urci pe munte după toate aceste aventuri? Sentimentul a fost pacea, colectarea, îndoiala și ezitarea. A fost ca și cum ar fi fost prima dată cu toate provocările taxate de soartă. Dintr-o dată, prietenii îl înfruntă pe marele scriitor cu zâmbetul pe buze.

"Cum a început totul? Ce înseamnă asta pentru tine? (Belinha)

"În 2009, viața mea se învârtea în monotonie. Ceea ce m-a ținut în viață a fost dorința de a exterioriza ceea ce simțeam în lume. Atunci am auzit de acest munte și de puterile minunatei sale peșteri. Nici o cale de ieșire, am decis să ia o șansă în numele visului meu. Mi-am făcut bagajele, m-am urcat pe munte, am făcut trei provocări despre care eram convinsă că am intrat în grota disperării, cea mai mortală și periculoasă grotă din lume. În interiorul ei, am depășit marile provocări, terminând pentru a ajunge în sală. În acel moment de extaz s-a întâmplat minunea, am devenit psihic, o ființă omniscientă prin viziunile sale. Până acum, au mai fost douăzeci de aventuri și nu intenționez să mă opresc atât de curând. Cu ajutorul cititorilor, încetul cu încetul, îmi propun să cuceresc lumea. (fiul lui Dumnezeu)

"Interesant! Sunt un fan al tău. (Amelinha)

- Știu cum trebuie să vă simțiți cu privire la îndeplinirea acestei sarcini din nou. (Belinha)

"Foarte bine! Mă simt un amestec de lucruri bune, inclusiv succesul, credința, gheara, și optimism. Asta îmi dă energie bună. (Psihic)

"Bine! Ce sfaturi ne dați? (Belinha)

"Să ne păstrăm concentrarea. Sunteți gata să aflați mai bine pentru voi înșivă? (comandantul)

"Da! Au fost de acord cu amândouă.

"Apoi, urmați-mă!

Trio și-a reluat activitatea. Soarele se încălzește, vântul suflă puțin mai puternic, păsările zboară și cântă, pietrele și spinii par să se mişte, pământul se agită şi vocile de munte încep să acţioneze. Acesta este mediul prezentat pe urcarea ferăstrăului.

Cu multă experienţă, bărbatul din peşteră ajută femeile tot timpul. Acţionând astfel, el a pus în practică virtuţi importante ca solidaritate şi cooperare. În schimb, i-au împrumutat o căldură umană şi o dăruire de necontestat. Am putea spune că a fost acel trio insurmontabil, de neoprit, competent.

Încetul cu încetul, urcă pas cu pas paşii fericirii. Cu dăruire şi perseverenţă, ei depăşesc copac superior, completează un sfert din drum. În ciuda realizărilor considerabile, ei rămân neobosiţi în căutarea lor. Au fost pentru că felicitări.

Într-o continuare, încetiniţi puţin ritmul mersului, dar menţinându-l constant. După cum se spune, încet merge departe. Această certitudine îi însoţeşte tot timpul creând un spectru spiritual de răbdare, prudenţă, toleranţă şi depăşire. Cu aceste elemente, ei au avut credinţa de a depăşi orice adversitate.

Următorul punct, piatra sacră încheie o treime din curs. Există o scurtă pauză şi se bucură de ea pentru a se ruga, a mulţumi, a reflecta şi a planifica paşii următori. În măsura corectă, ei căutau să-şi satisfacă speranţele, temerile, durerea, tortura şi tristeţile. Pentru că au credinţă, o pace de neşters le umple inimile.

Odată cu repornirea călătoriei, incertitudinea, îndoielile şi puterea întoarcerilor neaşteptate de a acţiona. Deşi i-ar putea înspăimânta, ei au purtat siguranţa de a fi în prezenţa lui Dumnezeule germinare a interiorului. Nimic sau cineva nu le-ar putea face rău pur şi simplu pentru că Dumnezeu nu ar permite acest lucru. Şi-au dat seama de această protecţie în fiecare moment dificil al vieţii în care alţii pur şi simplu i-au abandonat. Dumnezeu este efectiv singurul nostru prieten adevărat şi loial.

Mai mult, ele sunt la jumătatea drumului. Urcarea rămâne realizată cu mai multă dăruire şi ton. Contrar a ceea ce se întâmplă de obicei cu alpiniştii obişnuiţi, ritmul ajută motivaţia, voinţa şi livrarea. Deşi nu au fost sportivi, a fost remarcabilă performanţa lor pentru a fi tineri sănătoşi şi dedicaţi.

Din trimestrul al treilea, aşteptările ajung la niveluri insuportabile. Cât timp ar trebui să aştepte? În această clipă de presiune, cel mai bun lucru de făcut a fost să încerci să controlezi impulsul curiozităţii. Toată atenţia s-a datorat acum acţiunii forţelor opuse.

Cu un pic mai mult timp, ei termină în cele din urmă cursul. Soarele străluceşte mai strălucitor, lumina lui Dumnezeu ii luminează si ieşind dintr-o poteca, paznicul si fiul sau Renato. Totul a renăscut complet în inima acelor micuţi minunaţi. Ei au câştigat acest har prin legea culturilor-plante. Următorul pas al psihicului este de a rula într-o îmbrăţişare strânsă cu binefăcătorii săi. Colegii săi îl urmăresc şi fac îmbrăţişarea chin tusorului.

"Mă bucur să te văd, fiul lui Dumnezeu! Mult timp nu se vede! Instinctul meu matern m-a avertizat cu privire la abordarea ta, doamna ancestrală.

Mă bucur! Este ca şi cum mi-aş aminti prima mea aventură. Au fost atât de multe emoţii. Muntele, provocările, peştera şi călătoria în timp mi-au marcat povestea. Revenirea aici îmi aduce reminiscenţe bune. Acum, aduc cu mine doi războinici prietenoşi. Aveau nevoie de această întâlnire cu cea sacră.

"Care sunt numele dumneavoastră, doamnelor? (Portar)

"Mă numesc Belinha şi sunt auditor.

"Mă numesc Amelinha şi sunt profesoară. Trăim în Arcoverde.

"Bine ai venit, doamnelor. (Portar)

"Suntem recunoscători! a spus în acompaniere cei doi vizitatori cu lacrimi care rulează prin ochii lor.

"Îmi plac şi prieteniile noi. Faptul că sunt din nou lângă stăpânul meu îmi face o plăcere deosebită din partea celor de nedescris. Doar oameni care ştiu să înţeleagă că suntem noi doi. Nu-i aşa, partener? (Renato)

"Nu te schimbi niciodată, Renato! Cuvintele tale sunt de nepreţuit. Cu toată nebunia mea, găsirea lui a fost unul dintre lucrurile bune ale destinului meu. Prietenul meu şi fratele meu. (Psihic).

Au ieşit natural pentru adevăratul sentiment care l-a hrănit.

"Suntem egalaţi în aceeaşi măsură. De aceea, povestea noastră este un succes", a spus tânărul.

"E bine să faci parte din această poveste. Nici nu ştiam cât de special este muntele în traiectoria lui, a spus draga scriitoare "Amelinha.

"Chiar este admirabil, soră. În plus, prietenii tăi sunt foarte prietenoşi. Trăim ficţiune reală şi acesta este cel mai minunat lucru care există. (Belinha)

"Vă mulţumim pentru compliment. Cu toate acestea, ei trebuie să fie obosiţi de efortul depus în alpinism. Cum ar fi să mergem acasă? Întotdeauna avem ceva de oferit. (Doamnă)

"Am profitat de ocazie pentru a prinde din urmă conversațiile. Mi-e foarte dor de tine", a mărturisit Renato.

"Asta e bine cu mine. Este minunat ca și pentru doamne, ce îmi spun?

"Îmi va plăcea! " Belinha a afirmat.

"Da, să mergem", a fost de acord Amelinha.

"Deci, să plecăm! " Maestrul a concluzionat.

Cvintetul începe să meargă în ordinea dată de acea figură fantastică. Chiar acum, o lovitură rece prin scheletele obosite ale clasei. Cine era acea femeie, cine era ea, care avea puteri? În ciuda atâtor momente petrecute împreună, misterul a rămas încuiat ca o ușă la șapte chei. N-ar ști niciodată pentru că făcea parte din secretul muntelui. În același timp, inimile lor au rămas în ceață. Erau extenuați să doneze dragoste și să nu primească, să ierte și să dezamăgească din nou. Oricum, fie s-au obișnuit cu realitatea vieții, fie ar suferi foarte mult. Prin urmare, aveau nevoie de un sfat.

Pas cu pas, veți trece peste obstacole. La un moment dat, aud un țipăt tulburător. Cu o singură privire, șeful îi calmează. Acesta a fost sensul ierarhiei, în timp ce cei mai puternici și mai experimentați protejați, slujitorii se întorceau cu dăruire, închinare și prietenie. Era o stradă cu două sensuri.

Din păcate, ei vor gestiona plimbarea cu mare și blândețe. Care a fost ideea care a trecut prin capul lui Belinha? Ei se aflau în mijlocul tufișului prins de animale urâte care le-ar putea răni. În afară de asta, erau spini și pietre ascuțite pe picioarele lor. Cum fiecare situație are punctul ei de vedere, fiind acolo era singura șansa sa te poți înțelege pe tine si dorințele tale, ceva deficit in viată vizitatorilor. Curând, a meritat aventura.

În următoarea jumătate a drumului, ei vor face o oprire. Chiar lângă acolo era o livadă. Ei se îndreaptă spre cer. În aluzie la povestea Bibliei, ei s-au simțit complet liberi și integrați în natură. Ca și copiii, se joacă cățărându-se în copaci, iau fructele, coboară și le mănâncă. Apoi meditează. Au învățat imediat ce viața este făcută de momente. Fie că sunt triști sau fericiți, este bine să ne bucurăm de ele în timp ce suntem în viață.

În clipa de după aceea, ei fac o baie răcoritoare în lacul atașat. Acest fapt provoacă amintiri bune de odinioară, dintre cele mai remarcabile experiențe din viața lor. Cât de frumos a fost să fii copil! Cât de greu a fost să crești și să înfrunți viața de adult. Trăiți cu falsul, minciuna și falsa moralitate a oamenilor.

Mergând mai departe, se apropie de destin. În dreapta, pe traseu, puteți vedea deja plita simplă. Acesta a fost sanctuarul celor mai minunați și misterioși oameni de pe munte. Ei au fost uimitor ceea ce dovedește că valoarea unei persoane nu este în ceea ce posedă. Noblețea sufletului este în caracter, în atitudinile de caritate și consiliere. De aceea se spune că mai bine un prieten din piață valorează decât banii depuși într-o bancă.

Cu câțiva pași înainte, se opresc în fața intrării în cabină. Au primit răspunsuri la întrebările lor interioare? Numai timpul ar putea răspunde la această întrebare și la alte întrebări. Cel mai important lucru în acest sens a fost că ei au fost acolo pentru orice vine și merge.

Luând rolul gazdei, gardianul deschide ușa oferind tuturor celorlalți acces la interiorul casei. Ei intră în cabina unică deşartă urmărind totul în dispozitivul mare. Ei sunt impresionaţi de delicateţea locului reprezentat de ornamentaţie, obiecte, mobilier şi climatul de mister. În mod contradictoriu, în acel loc existau mai multe bogăţii şi diversitate culturală decât în multe palate. Deci, ne putem simţi fericiţi şi compleţi chiar şi în medii umile.

Rând pe rând, vă veţi aşeza în locaţiile disponibile, cu excepţia bucătăriei lui Renato, pregătiţi prânzul. Climatul iniţial de timiditate este rupt.

"Aş vrea să vă cunosc mai bine, fetelor . (Tutorele)

"Suntem două fete din Arcoverde City. Amândoi s-au stabilit în profesie, dar învinşi în dragoste. De când am fost trădată de vechea mea parteneră, am fost frustrată, a mărturisit Belinha.

"Atunci am decis să ne întoarcem la bărbaţi. Am făcut un pact pentru a-i ademeni şi a-i folosi ca obiect. Nu vom mai suferi niciodată. (Amelinha)

"Îi voi sprijini pe toţi. I-am întâlnit în mulţime şi acum au venit să ne viziteze aici şi a forţat încolţirea interiorului.

"Interesant. Aceasta este o reacţie naturală la dezamăgirile care suferă. Cu toate acestea, nu este cel mai bun mod de a fi urmat. Judecarea unei întregi specii după atitudinea unei persoane este o greşeală clară. Fiecare are propria individualitate. Această faţă sacră şi neruşinată a ta poate genera mai mult conflict şi plăcere. Depinde de tine să găseşti punctul potrivit al acestei poveşti. Ceea ce pot face este să sprijin aşa cum a făcut prietenul tău şi să devin un accesoriu al acestei poveşti analizate spiritul sacru al muntelui.

"O să-mi permit. Vreau să mă regăsesc în acest altar. (Amelinha)

"L accepta prietenia ta de asemenea. Cine știa că voi fi într-o telenovelă fantastică? Mitul peșterii și al muntelui pare așa și acum. Pot să-mi fac o dorință? (Belinha)

"Desigur, dragă.

"Entitățile montane pot auzi cererile visătorilor umili așa cum mi s-a întâmplat mie. Aveți credință! l-a motivat pe fiul lui Dumnezeu.

"Sunt atât de necredincios. Dar dacă spui așa, voi încerca. Solicit o concluzie reușită pentru noi toți. Lăsați fiecare dintre voi să devină realitate în principalele domenii ale vieții. (Belinha)

"Îl acord! " Tunați o voce adâncă în mijlocul camerei".

Ambele curve au făcut un salt la pământ. Între timp, ceilalți au râs și au plâns la reacția celor doi. Acest fapt a fost mai mult o acțiune de soartă. Ce surpriză! Nu era nimeni care să fi putut prezice ce se întâmplă în vârful muntelui. De când un indian celebru murise la fața locului, senzația realității lăsase loc supranaturalului, misterului și neobișnuitului.

"Ce naiba a fost tunetul ăla? Tremur până acum. (Amelinha)

"Am auzit ce a spus vocea. Mi-a confirmat dorința. Visez? (Belinha)

"Miracole se întâmplă! În timp, veți ști exact ce înseamnă să spuncți acest lucru . " dezvăluit maestru".

"Eu cred în munte și trebuie să crezi și tu. Prin miracolul ei, rămân aici convins și sigur de deciziile mele. Dacă eșuăm o dată, putem să o luăm de la capăt. Există întotdeauna speranță pentru cei în viață. "L-a asigurat pe șamanul psihicului care arăta un semnal pe acoperiș".

"O lumină. Ce înseamnă aceasta? în lacrimi, Belinha.

"E atât de frumoasă, luminoasă și vorbită. (Amelinha)

"Este lumina prieteniei noastre eterne. Deși dispare fizic, ea va rămâne intactă în inimile noastre. (Gardian)

"Suntem cu toții lumină, deși în moduri distinse. Destinul nostru este fericirea, confirmă psihicul.

Aici intervine Renato și face o propunere.

"E timpul să ieșim și să ne găsim niște prieteni. A venit timpul pentru distracție.

"Aștept cu nerăbdare să-l. (Belinha)

"Ce așteptăm? Este timpul. (Amelinha)

Cvartetul iese în pădure. Ritmul pașilor este rapid ceea ce dezvăluie o angoasă interioară a personajelor. Mediul rural din Mimoso a contribuit la un spectacol al naturii. Cu ce provocări v-ați confrunta? Animalele feroce ar fi periculoase? Miturile muntelui puteau ataca în orice moment, ceea ce era destul de periculos. Dar curajul a fost o calitate pe care toată lumea de acolo a purtat-o. Nimic nu le-ar opri fericirea.

A venit timpul. În echipa de active se aflau un bărbat de culoare, Renato, și o persoană cu părul blond. În echipa pasivă au fost Divin, Belinha și Amelia. Echipa s-a format; distracția începe printre verdele gri din pădurea de la țară.

Tipul negru date Divin. Renato Date Amelia și blonda date Belinha. Sexul în grup începe la schimbul de energie între cei șase. Toate au fost pentru toată lumea pentru unul. Setea de sex și plăcere era comună tuturor. Variind poziții, fiecare dintre ele experiențe senzații unice. Ei încearcă sexul anal, sexul vaginal, sexul oral, sexul în grup, printre alte modalități de sex. Asta dovedește că iubirea nu este un păcat. Este un comerț cu energie fundamentală pentru evoluția umană. Fără sentimente de vinovăție, ei schimbă rapid partenerul, ceea ce oferă orgasme multiple. Este un amestec de extaz care implică grupul. Ei petrec ore întregi făcând sex până când sunt obosiți.

După ce totul este finalizat, ei se întorc la pozițiile lor inițiale. Mai erau multe de descoperit pe munte.

Sfârșit